AF143448

L'illusion du soleil

Pierre Léoutre

L'illusion du soleil

L'illusion du soleil

En hommage à Lectoure, l'été.

L'illusion du soleil

À contrecœur, il me fallait maintenant refermer ce livre que je n'avais pas encore écrit et maudire les forces mauvaises qui, par pure malveillance ou malchance, avaient presque tué notre histoire. La chape de plomb de la raison écrasait mon cœur, la frustration amoureuse n'était qu'un prétexte dérisoire pour soigner ma peine le long d'une page blanche, mots imparfaits jetés comme des notes sur une partition mélancolique, colère et rage du désir montaient sur le ring, prêtes à boxer un adversaire invisible, imprévisible et insaisissable. Avec une subtilité merveilleuse et écœurante, le temps malin qui passait me poussait vers la rédaction de ce testament amoureux, que j'espère encore codicille, alors que c'était la dernière chose que j'avais envie de vivre et de faire. Test amant, t'es-tu jouée de moi ? Le catafalque était déjà érigé, le cercueil de notre histoire d'amour était déjà posé sur la rampe qui allait le faire tomber dans les flammes dévorantes et destructrices d'une crémation non désirée, le goût des cendres était déjà dans ma bouche et ma haine vivace gesticulait sous mon visage impassible. Ce feu va-t-il purifier notre amour et préparer sa renaissance, phénix immortel ? Je ne comprenais pas cet abandon et je ressentais un violent sentiment d'incompréhension face à cette leçon de la vie que je ne pensais vraiment pas mériter ; et toi non plus, d'ailleurs. Ma répulsion de l'amour me donnait envie de vomir et de pleurer, larmoyer et s'apitoyer, est-ce la solution, non bien sûr alors qu'il faut encore et toujours te séduire, les phrases médicinales qui naissaient de mes doigts jouant du clavier me laissaient parfaitement indifférent car elles ne représentaient rien comparées à la douceur de ta peau.

Ainsi, l'amour n'était qu'une vaste et cruelle plaisanterie, une duperie, un jeu d'ego vampirisants de fascination, une farce pour faire rire les imbéciles et les jaloux, et faire souffrir les poètes. Thanatos et Agapè avaient dansé ensemble toute la nuit et au petit matin, l'un avait tué l'autre, sans remords et avec une apparente facilité déconcertante. Au milieu des décombres ne subsistait qu'une interrogation vaine et douloureuse sur la portée de l'engagement des sentiments. L'individualisme avait entièrement et définitivement acheté nos vies et nos relations humaines, l'amour avait enfin montré son vrai visage, celui d'une fumisterie hypocrite et égoïste qui n'avait aucun intérêt pour un roseau pensant. Il fallait désormais que circule au sein du genre humain le message de l'escroquerie de l'amour, que chacun sache se protéger de l'amour comme d'un simple virus et que toutes ces histoires de sentiments ne servaient qu'à jouir. À consommer du plaisir en prenant à l'autre, sans états d'âme et sans véritable respect. À ricaner pour supporter l'absence d'espoir et de beauté, la rupture, la césure, la pause. Que donne-t-on à l'autre exactement, sinon l'illusion de l'amour ?

Je me soigne par les mots pendant que tu baises peut-être avec un autre, petit coït confortable pour se déboucher le nez et bien sentir l'absence de parfum des roses synthétiques.

Je caresse ma haine comme un chat affectueux. Je me promène dans la ville absente de toi, je croise un type que je n'aime pas beaucoup et j'ai l'impression qu'il me regarde d'un air narquois, comme s'il connaissait et se réjouissait de ma mésaventure. J'ai passé l'âge de lui rentrer dedans, de toute façon, et à quoi bon ? Je ne comprends pas encore, je n'ai pas fait le deuil d'un amour trop frais, présente et pesant, et je ne maîtrise pas la douleur qui brûle mon cœur à cause de toi. La souffrance est palpable physiquement sur mon flanc gauche et je t'en veux d'avoir laissé cette trace douloureuse de notre histoire d'amour ; elle ne peut pas s'effacer aussi facilement et par conséquent elle compte pour moi. Un ami m'appelle au téléphone, triste de ma détresse inconsolable ; il me propose déjà de relire, tel un correcteur bienveillant, le livre que je ne manquerais pas de rédiger le moment venu pour mettre en musique le récit de notre amourette trop vite passée et ne pas perdre le souvenir de tous nos moments heureux. Cette évocation de la rédaction de notre échec me donne la nausée, je voulais tes yeux et ta bouche, ton regard et tes baisers et je dois déjà rassembler les morceaux épars d'un puzzle explosé. Ma haine s'installe comme un bouclier pour me protéger de toi, que j'aime. C'est une honte, un gâchis méprisable et insupportable, un coup bas dégoûtant et lâche, j'ai le tournis, je continue à vomir. Puis je hurle en silence, une chute dans un espace absolument noir, sans gravité et sans étoile.

Les écrivains ont ce qu'ils méritent, le savent-ils seulement ? Ils font les beaux dans leurs livres, sans se rendre compte que les lecteurs et les lectrices peuvent prendre au pied de la lettre ce qu'ils écrivent. À force de faire le fanfaron sur mes amours manquées ou réussies, il fallait bien qu'un jour je sois jugé et justement puni, et que tombât la sentence sous la forme d'une histoire d'amour réelle et explosive, complète et sans lendemain. Je vomissais, je vomissais, encore plus fort que par mes mots qui d'ordinaire avaient cette capacité sans fin à rebondir de mes claviers pour dresser un autoportrait permanent et évolutif, au narcissisme patent selon certains critiques. *Parlez-moi d'amour et je vous fous mon poing sur la gueule* (Georges Brassens). Vous croyez que je vous parle de moi avec impudeur et en fait, je parle de vous et de vos lâchetés et de vos médiocrités, de vos tricheries et de vos mensonges, et aussi des miens, bien entendu, car

13

je ne suis pas différent des autres. Je vomis encore. Pourquoi noircir des pages blanches avec les montagnes russes de mes sentiments égocentriques, au lieu de raconter la biographie de tel ou tel personnage historique célèbre ? Anne d'Autriche, par exemple, qui séjourna à Lectoure. Pourquoi ennuyer les lecteurs de mes livres avec ces cogitations personnelles et banales ? Pourquoi me vanter et me plaindre des mesquineries d'une vie ordinaire alors qu'il fut tant de grands hommes et de grandes femmes, pourquoi se faire si petit auprès de vous, mon amour, alors que le soleil de l'été brille et donne vie aux ombres de nos rêves ?

Le séducteur littéraire fut probablement puni cet été, pris à son propre jeu, à son propre piège, par une femme légère, espiègle et superficielle qui n'avait point mesuré les conséquences de ses émois et de ses actes. C'était peut-être aussi simple que cela. Aucune erreur, juste un pied de nez, un juste retour des choses, juste conséquence d'un piège qui se referme sur moi mais aussi sur toi, juste une anecdote estivale, une passade, une rasade, une rencontre sordide de banalité pendant l'été comme il s'en produit tant. Pas de quoi en faire une histoire d'amour et surtout pas un livre. Un avertissement sans frais pour barrer un chemin littéraire qui abusait du *je* à la rencontre *d'elle*. Un signe du destin. Aux grands hommes la patrie reconnaissante, aux petits hommes la déception sentimentale. Sentiment logique de dévalorisation personnelle après un rude revers affectif. Il suffit d'en tirer raisonnablement les leçons et de continuer à vomir.

Il n'est pas toujours possible d'obtenir ce que l'on souhaite. Je quêtais votre amour sincère, il tarde encore trop à se dire venir, votre silence impitoyable me brise et me torture, votre indécision me renvoie dans la figure une réalité insupportable, votre absence, Mademoiselle, m'étouffe. Au lieu de rire et de danser, je regarde dans mon miroir un homme amer et solitaire. Votre beauté devenue inaccessible est un regret cruel et un supplice.

Ainsi, il apparaît qu'un être normalement intelligent, cultivé, responsable et surtout sensible peut se faire facilement berner par l'effluve des sentiments lorsqu'une femme, belle d'une façon ou d'une autre, lui prête suffisamment attention ; l'être va alors interpréter et lire, croire et boire les paroles et les regards, ne pas comprendre que le tour de magie repose sur une astuce et n'est qu'un piège pour son esprit crédule. Tel est pris à son propre jeu du miroir, je m'aime à travers l'autre. Tout est factice, en vérité, du moins en trompe-coeur. Je sais bien qu'un jour, tu seras punie du tour méchant et immature que tu m'as fait, mais je ne le souhaite pas et je ne m'en réjouis pas. Je ne voulais pas une petite histoire triste et décevante, je t'aimais naïvement, benoîtement et vraiment. Et maintenant, je n'ai plus qu'à vomir, cette activité m'occupe bien depuis que tu n'es plus là, c'est un moindre mal, un remède adapté au temps qui ne passe pas quand tu n'es pas avec moi, qui correspond bien à la manière dont notre relation a évolué. C'est parfait.

Tout ça pour ça. Des heures qui filent à toute allure, des sentiments profonds et des émotions extrêmes pour un néant moqueur et ennuyeux de nostalgie. Ceux qui s'interrogeaient ou s'agaçaient de la réalité des vantardises auront ainsi la preuve que ces colliers de mots ne sont que l'écume de sentiments humains sincères. La tentative misérable et maladroite de dessiner un cœur dans l'écorce d'un arbre, un chêne ou un acacia de préférence. Quelque chose de vain, quoi qu'il en soit. La tristesse m'accable.

Serez-vous contente de ce livre, Mademoiselle ? Flattée, charmée, rêveuse, nostalgique et puis vous zapperez, vous passerez à autre chose, vous le rangerez sagement sur une étagère et il agonisera sans vous déranger davantage. Il restera à sa place, comme son maître. Je l'ai fait tout petit, ce livre, pour que vous puissiez le cacher dans votre sac à main, le cacher de votre entourage, par discrétion et respect pour vous, pour ne pas vous exposer au « qu'en dira-t-on », pour vous préserver, vous et votre vie symétrique, de la tornade littéraire que vous avez provoquée et qui a failli vous emporter sur une autre planète. Vous avez fait souffrir énormément un homme et il n'en reste que ce livre minuscule mais condensé et dense, dont chaque mot est cependant pesé et qui n'a qu'un seul but, vous faire savoir que vous avez été réellement et beaucoup aimée. Vous n'avez pas su prendre et garder cet amour, cela vous regarde et c'est votre liberté et votre droit le plus entier. Vous avez votre livre, vous avez vu comment fonctionne un écrivain. Êtes-vous heureuse de l'aventure, de l'expérience, de mes caresses et de mes mots d'amour ? Dans combien de temps tout ceci ne sera plus qu'une impression cérébrale furtive, un petit souvenir coquin et attendrissant, un jardin secret délaissé ?

Comment réussir une histoire d'amour ? Comment séduire, faire rire et garder l'affection d'une femme que l'on aime véritablement ? Ces questions communes hantent ma solitude aggravée par le rythme artificiel de la communication électronique banalisée entre les êtres humains, qui est particulièrement insatisfaisante dans une relation amoureuse entre un homme et une femme, où il est d'abord question d'épiderme. Tes cheveux blonds me font penser à des épis de blé, évidemment. Toute ta féminité offre une couleur pastel que je vois parfaitement, même quand tu n'es pas là.

Ma haine passe et repasse, ressasse, se nourrissant de l'impasse de notre histoire. Tu n'es pas là, je ne peux pas te prendre dans mes bras, te serrer contre moi et plonger mon regard dans tes beaux yeux. Sentir ton odeur vanille et promener mes mains sur ton corps. Entendre ta voix me dire des mots d'amour. J'ai l'impression d'avoir tout perdu. Tu me manques.

Pour ne pas te dévoiler et te poser des problèmes dans la vie dont tu n'as pas eu le courage de te détacher, je ne peux pas parler précisément de toi, de la façon dont nous nous sommes connus. Un jour, ton ami est même venu vers moi me serrer la main, il ne savait pas évidemment, l'idiot, que j'aimais énormément sa compagne, qu'elle m'avait tout donné d'elle-même, sans que je fisse le moindre effort, qu'elle ne l'avait pas trompé, petite consolation, mais qu'elle l'avait quitté pour de nombreuses et bonnes raisons ; je n'ai jamais été ton amant, j'ai été ton amoureux et puis tu es repartie, enfin, je ne sais pas, tu as vécu un rêve jusqu'au bout, tu as écouté ta sensibilité et aussi la mienne, et puis, un jour, tu n'as plus été là, tu as disparu ou presque, tu es restée immobile dans un territoire désertique, entre deux eaux, entre deux hésitations, entre ce que tu avais et ce que tu voulais, tu t'es renfermée dans ta coquille comme un petit escargot, débordée par une culpabilité stérile et affligeante. Nous nous sommes aimés d'une telle manière que personne, absolument personne, n'en a rien su, c'était un mirage, une oasis imaginaire, une bulle d'oxygène qui n'a pas tenu ses promesses, un leurre bénéfique sur le moment puis de plus en plus douloureux au fur et à mesure que les heures sans toi s'égrènent au son d'une horloge détraquée.

22

Nous sommes montés très haut ensemble dans la tendresse et le désir, c'est une chance inouïe. Heureusement, beaucoup d'êtres humains ont vécu et vivront le même type de rencontre exceptionnelle. Et après ? Trois, quatre semaines après ? Trois, quatre années après ? Que reste-t-il ? Est-ce vraiment toujours la même histoire finalement inutile, le même manège qui tourne en rond ? Je suis d'accord avec toi, tout n'est pas négatif, nous avons grandi et nous demandons maintenant des explications. Je pense que toi et moi, nous étions partis pour autre chose. Bien évidemment, je sais que tu penses que je ne peux pas penser autrement. Mais tu ne m'as jamais reproché de t'avoir aimée. C'est le seul véritable point positif qui me reste de ton amour dans la solitude violente qui me frappe aujourd'hui.

Ma haine ricane et se moque encore et encore, à quoi bon un peu de bonheur pour tant de souffrance ? Certes, mon travail d'écriture presque imposé fait son travail salutaire, je prends du recul, je me libère de toi, je relativise, je schématise, je conceptualise, je tue à mon tour notre illusion amoureuse et une amertume sans fin envahit mon esprit. Je n'arrive pas à t'oublier, je n'arrive pas encore à ne plus t'aimer.

Peut-être qu'à l'instant où j'écris ces mots, tu chuchotes des mots tendres à un autre, ou bien tu penses à moi, nostalgique, en pensant au plaisir partagé, en te demandant comment faire renaître notre amour. Comment savoir ? Où est la vérité ?

Qu'est-ce que tu as été pour moi ? Une très jolie femme qui m'est tombée dans les bras de manière inattendue ? Un amour réel et actuel, moi qui survivais comme un écrivain esseulé avec les ombres du passé ? C'est pour cela que je souffre tant en te rédigeant cette lettre d'amour sincère et ardente. Notre histoire était-elle une plaisanterie d'un goût douteux, un échange vertueux de bons procédés, une bouffée d'oxygène réciproque, une poignée de main échangée à la croisée de nos chemins divergents ? Montre-moi la bonne route, la bonne direction. Qu'est-ce que je suis pour toi ?

Je parle de toi au passé car c'est le seul moyen de m'en sortir. Pourtant, toi, tu sais très bien que tu restes parfaitement présente dans ma vie, c'est un avantage énorme que tu as sur moi dans ce duo étrange, même ton silence est un consentement muet à cette situation ambiguë et

25

difficilement supportable, dans ce ballet complexe, surtout pour moi, mais aussi pour toi. Un marivaudage à épines, ou alors une véritable rencontre amoureuse, fête de la sensibilité et maelström des sentiments, jeu dangereux hors du temps et des règles, roulette russe amoureuse, espièglerie vécue et fantasmée, mystère insondable de l'attirance entre une femme jeune et en devenir et un homme déjà mûr, le temps d'une valse en trois temps, trois mouvements, trois semaines, trois caresses, trois regards, trois nuits, trois jours, trois fusions inoubliables, et peut-être même plus, et encore plus de promesses si un coup de tonnerre n'avait pas résonné dans notre ciel bleu. Annonce d'un orage, avion à réaction, mur du son, fond des choses, miroir de l'eau du puits, peu importe, la magie éclate comme une bulle effrayée, le décor rouge vif disparaît et laisse le champ libre au désert où je meurs de soif sans toi. La fontaine a disparu, je pénètre le sable. Il faut bien que je me moque de moi.

Je vomis encore. Comme chez les poètes, le temps a suspendu son vol, ouvrant une porte entre ton univers et le mien, le temps d'une chanson, d'une symphonie, d'un opéra. *La Javanaise* de Serge Gainsbourg. Puis la réalité a repris ses droits, la vie ordinaire a repris son cours, ma haine éclate de rire et me dit : « Qu'espérais-tu d'autre ? ». Tu n'étais pas réellement libre, je suis trop vieux pour toi, tu manques de courage et de volonté pour installer notre histoire, les faits quotidiens frappent comme des marteaux sauvages les murs métalliques de nos existences, le rêve agonise et s'effondre, les oiseaux noirs s'envolent du champ de blé de ta chevelure et dansent dans le ciel blanc une ronde macabre et sinistre, ravis de la dépouille de notre romance.

Je contemple, désolé, l'évolution du récit de cette impuissance amoureuse, qui n'est pas la mienne. J'enrage et je souffre, je déteste et je fulmine, mon ventre se tord de cette intériorité maîtrisée, par amour pour toi je respecte les apparences et le volcan n'explose pas, les soubresauts souterrains se font discrets et ne perturbent pas la surface de l'eau, Narcisse peut continuer à se contempler sans prendre le moindre risque, le miroir peut continuer à donner ses réponses rassurantes sur la beauté immuable et finalement inutile. Comme par hasard, le soleil de l'été lectourois s'est remis à brûler après quelques journées de somnolence qui annonçaient presque l'automne, rappelant les heures torrides pendant lesquelles nous ne nous posions aucune question, le soleil ressort de son chapeau la lumière et la chaleur des jours heureux, le soleil nargue et se moque, donneur de leçons il alimente de son énergie ma haine tenace, le décor usé et superflu de notre histoire d'amour se penche sur mon cas quelques instants, contemple les dégâts puis se consacre à de nouvelles aventures, va chercher d'autres victimes, car le jeu cruel ne doit jamais s'arrêter.

« Plus qu'un roman, plus qu'un film, les chansons portent des charges électrosensorielles qui nous attachent à elles pour toujours », a écrit Yves Simon. Je me trouve absolument d'accord avec cette affirmation, tu es ma chanson d'amour, tu es la musicienne de mon cerveau et moi, le petit écrivain lectourois perché dans mon antre avec vue sur les magnifiques toits de la ville, je suis incapable d'écrire une petite chanson, triste ou pleine d'espoir, je fais uniquement ce que je sais faire, je colmate les brèches avec des mots, j'essaie d'éviter que le bateau coule, instinct de survie qui balaie le sentiment d'amour abandonné. Je mesure avec une grande lucidité la dérision de la situation, la gravité de l'échec, la disparition prématurée de l'espérance, l'implosion des projets et des envies, l'inutilité du désir. Je savais bien te faire l'amour, me disais-tu autrefois ; moi je me souviens que ton ventre et ta bouche ont reçu ma jouissance, tu avais alors un étrange et beau sourire, tu étais si belle que je te trouvais éternelle, naturellement, que tu fusses allongée sur le dos ou bien la croupe haute, tu représentais la perfection et l'amour absolu, l'ultime désir, le chant du cygne, il ne pouvait plus rien arriver après toi ; vanité et illusion vraiment comique, banalité affligeante des relations humaines, murmure méchamment ma haine alors que je suis encore en train de t'aimer. Ton ventre blanc et doux, surtout, je me sens arraché de lui contre ma volonté, je perds l'équilibre, j'ai perdu mes repères, je suis malheureux de cette distance imposée, et tes seins lourds et émouvants aussi et puis l'ensemble, qui n'appartient qu'à toi et moi, qui n'a même pas le droit de survivre un peu dans ces pages. Alors la mémoire s'effacera et s'achèvera l'œuvre de destruction médiocre propre aux amours qui mettent trop de temps à se déployer et occuper tout l'espace qu'ils méritent.

Tu n'aimais pas quand j'annonçais, aruspice pessimiste, cet échec amoureux. Plus lente que moi, plus constructive, moins amoureuse sans doute, va savoir, tu vivais les moments sans te poser autant de questions, tu apprivoisais et charmais notre histoire, tu savais lui donner toute la beauté nécessaire. Et quand nous crûmes l'heure des choix arrivée, tu n'as jamais voulu garder un mauvais souvenir de notre aventure, tu n'as jamais porté le coup de grâce, tu as cultivé sans méchanceté mais avec égoïsme une ambiguïté qui a laissé vivre une espérance toujours vivante. Je ne sais pas pourquoi. Un jeu de ta part, sans doute. Un rêve féminin, une stratégie féminine. Tu m'as dit que non. Tu n'es pas ce genre de femme. Tu es sincère, droite et honnête. Tu veux du temps, tu n'as pas le même rythme que moi. Tu aimes suivre une partition alors que j'aime décrocher les étoiles et que je réclame la lune. Tu es l'eau et je suis le feu, tu es la terre et je suis l'air, tu es belle comme tu es, tu me manques et j'ai envie de te serrer dans mes bras, chaque instant qui passe sans toi est une goutte d'eau qui tombe toujours à côté de ma soif.

Toujours cette envie de vomir. Le vertige de te perdre, le vertige de ton absence, des questions sans réponses, des appels dans le désert, du sable à perte de vue, j'attends le grain de sable qui changera le cours de notre histoire, qui la remettra sur les bons rails, je t'attends, souffrance et joie, espoir insensé alors que peut-être tu es déjà très loin de moi. Sûrement, même, puisque je n'ai aucune nouvelle de toi, si tu m'aimais tu ne m'abandonnerais pas ainsi. Je sais, c'est vrai, que tu dois aussi penser à toi, tes vieilles histoires et ta vie d'avant. Ma lucidité adulte bouscule dans ses derniers retranchements tes émois arachnéens, tes concessions fausses, tes errements immatures, tes craintes puériles, tes engagements superficiels, tes promesses invisibles. Ta légèreté insoutenable a massacré ma profonde sensibilité. Question de génération, sans doute. La vérité et la leçon sont là. Je me mens à moi-même pour tenir le coup et à toi, je n'ai jamais menti. J'ai été imprudent, combien de fois m'as-tu demandé avec toute la douceur adorable dont tu es capable, de me protéger, de prendre soin de moi ? C'est peut-être cela qui t'a effrayée chez moi, cette capacité à prendre des risques et des coups, mon indifférence aux cicatrices, mon imprévoyance qui me rend si vulnérable, mon engagement sans retour possible, mes vaisseaux brûlés, le fond de l'impasse, les yeux qui se ferment définitivement dans le noir d'une nuit solitaire. Et ne vois pas là une capacité extraordinaire des écrivains à sublimer une amourette estivale et champêtre, une bluette des champs dans le cœur de la belle Lectoure, tu as été profondément aimée par un homme tout simple et trop sérieux, tu m'avais dit que pour toi, notre rencontre était exceptionnelle à tous points de vue, sois certaine qu'il en est de même pour moi.

La musique de Mozart rayonne de mon ordinateur pour accompagner ma posture d'écrivain amoureux, malheureux et délaissé. Ma haine hilare trépigne sur ses deux pieds, elle savoure la prolongation de l'exercice, elle compte les points avec jubilation, elle regarde l'aiguille de la pendule, elle contemple avec satisfaction la distance qui s'installe peu à peu entre toi et moi. Ma haine ne sait pas, contrairement à moi, qu'elle sera tuée à son tour par l'indifférence. Moi, je sais, je freine ma chute en me raccrochant comme je peux aux branches que mes mains sont capables d'agripper. Mes mains sur tes hanches. Je t'aime encore. Mes mots ont beau monter à l'assaut de mes sentiments, ma raison a beau dresser à la hâte de solides barricades, ma volonté a beau bâtir dans l'urgence une digue haute et froide, je sens au fond de moi que je t'aime encore, que je suis prêt à n'importe quoi pour être aimé par toi et te retrouver. En as-tu conscience ? Es-tu heureuse de cet amour infini où tu n'as rien à perdre, où je ne te fais prendre aucun risque, où tu as tout à gagner ? Es-tu contente de ton bel été, dont tu es sortie indemne et valorisée, contrairement à moi qui suis sérieusement blessé ? Je ne te fais aucun reproche, je me contente simplement, dans l'anonymat curatif de ce livre miniature qui, tel un bel avion dans un ciel sans nuage, commence à aborder la phase inéluctable de la descente, en prévision de l'indispensable atterrissage. Car, n'est-ce pas, tous les voyages ont une fin, tous les chemins, y compris aériens, doivent mener quelque part, il existe une destination pour tout, tout a une fin, le pilote serre les dents, sa mâchoire est crispée car ce vol a été difficile mais l'histoire finit bien, vous êtes bien arrivée, Mademoiselle, prenez vos bagages, bonnes vacances, longue et heureuse vie, nous sommes heureux que vous ayez voyagé à bord de notre compagnie, n'hésitez pas à revenir dans nos aéroplanes, nous avons à votre disposition une carte de fidélité, nous couvrons toutes les destinations, toutes vos envies, nous pouvons tout pour vous. Vous comprenez ce que je suis en train de vous dire ?

Je suis révolté, je brandis mon poing fermé vers le soleil, à qui je promets de souffrir autant qu'il m'a fait souffrir. Je préfère la lune dont la lueur douce comme toi a éclairé nos soirées tendres et fortes. Je ne souhaite pas à mon pire ennemi une telle mésaventure, moi, je ne suis pas méchant. Et je ne suis pas un insecte dont le savant va décortiquer les moindres réactions pendant l'expérimentation. Pourquoi ai-je subi une telle histoire ? Je me console avec Blaise Cendrars : « Je ne trempe pas ma plume dans un encrier mais dans la vie. » Une petite épreuve d'écrivain. Des heures et des semaines de tristesse et d'attente déçue, pour pouvoir, au bout du compte, tenir dans mes mains qui ont tant caressé ton corps ce joli petit bouquin dont il me reste quelques lignes à écrire et une belle couverture à créer. Alors c'est quoi, l'amour ? Un bidon d'huile usagée.

Ce n'est rien du tout, l'amour, c'est absolument, entièrement et complètement superfétatoire, on commence par en jouir et on finit par en vomir, il faut prévenir les gens, leur dire la vérité, ne leur laisser aucune illusion, carpe diem, juste prendre ce qu'il faut quand la bonne occasion se présente et puis continuer son petit bonhomme de chemin. Je ne parle là même pas de la passion, destruction assurée, je parle de l'amour, oui, de l'amour véritable que j'ai ressenti pour vous, cette sincérité incomprise et trahie, cette énergie bienveillante et constructive, avant de se disperser bêtement, inutilement, stupidement, dans un espace intersidéral vide de vous.

Je n'ai rien compris de ce que tu voulais réellement, je n'ai rien compris de toi véritablement, je suis dépassé par les événements, je ne maîtrise rien dans notre histoire. Par amour je t'ai laissé les clefs ; or, rien ne bouge. Je relis les mots que tu m'as envoyés, en attendant que tu recommences à me dire en face et en vrai les mots adorables dont tu es capable quand tu m'aimes. Je prends ceux que j'ai sous la main, nous avons tellement échangé tous les deux qu'il était temps que je mette le holà, que je reprenne la main, qu'en tant qu'écrivain responsable, je construise un mur solide de mots sincères, une solide barrière infranchissable, trop grande pour toi, comme ta citadelle fut presque imprenable par moi. Prends le temps de m'expliquer pour que je puisse te comprendre, laisse-nous une chance, prends le temps de m'aimer, tu ne seras pas déçue.

J'imagine tes beaux pieds nus avancer vers moi puis je pêche au hasard de tes douceurs : « Je t'embrasse Pierre. Je ne peux pas faire autrement, c'est tout. J'ai lu tes livres, j'ai des questions concernant la 3e partie du dernier que j'ai lu, *Chants du peuple juif.* Lundi, je ne travaille pas. Bises. Pierre, ce n'est pas un reproche, c'est une interrogation. Le peu que j'arrive à dire, ça te blesse. Triste constat… " Rends-moi ma liberté ", écris-tu ! Oh Pierre, je ne veux pas être une prison pour toi aujourd'hui… Non, je ne pense pas de mal de notre histoire. Pierre, on va voir le concert mardi et on va au Théâtre du Grand Rond la semaine d'après ? Tu vas te moquer de moi mais ça, c'est un petit escargot qui avance un peu ; o). Continue à m'écrire des mails, j'aime bien te lire. Je t'embrasse. Je ne connais pas ce film non plus. Je manque cruellement de culture !! ;o) Pourquoi ne t'ai-je pas rencontré plus tôt ? Non, je n'ai jamais vu ce film. Tu me le montreras ? Tu m'as aimée de la façon la plus pure qui soit, je ne t'oublierai jamais. Pourquoi suis-je malheureuse ? »

Un ange passe.

Je veux que tu sois heureuse de moi, avec moi, grâce à moi. Je m'occupe de toi avec un immense plaisir. Quand je te demande en quoi je t'ai déçue, tu ne trouves pas grand-chose à me reprocher. Il se passe des choses que je ne comprends pas. Tu ne veux pas que je t'attende et puis tu me promets peut-être une bonne surprise, tu ne perds jamais le fil, tu sais et tu aimes que je sois là, en train de t'aimer, et pas seulement parce que cette situation te valorise et te flatte. Je suis un possible, j'existe quelque part dans les limbes et pour le meilleur, je suis ton amoureux et tu t'en contentes. Je ne comprends pas. Je ne comprends rien, je suis un éléphant qui découvre une rose. Tu me dis alors de te laisser le temps, je le fais aussitôt, chapeau bas, passez mademoiselle, je vous en prie, vous pouvez compter sur mon amour indéfectible et ma patience infinie. Ta forteresse est mon moulin. J'écris à la hâte et à la hache pour fracasser ma peine, mon chagrin d'amour n'y résistera pas. Mais mon amour pour toi, si.

Lorsque des lecteurs liront ce livre, certains se demanderont si tu existes vraiment, ils chercheront à savoir qui tu es, quelle est cette cruelle Lectouroise qui fut tant aimée et passa si près du gouffre insondable de ses sentiments vrais lors de cet été ordinaire. Qui est cette femme coupable et séduisante, charmante et adorable ? Ne cherchez pas, mes amis, elle n'existe pas, elle est impossible, irréelle, elle est, au mieux, la muse idéale d'une créativité littéraire, la somme de plusieurs rencontres fortuites et vaines, une femme virtuelle faite de bric et de broc, le prétexte efficace d'une lettre d'amour et peut-être de haine, la belle porte d'une émotion abstraite. Une telle femme est chimérique et c'est bien dommage. Un trompe-l'œil. Une illusion du soleil. Un espoir toujours vivant. Cri d'amour qui sera entendu.

L'illusion du soleil

L'illusion du soleil

Éditeur :
Books on Demand GmbH,
12/14 rond-point des Champs
Élysées,
75008 Paris, France
Impression :
Books on Demand GmbH,
Norderstedt, Allemagne
ISBN :

9 782810 619818

Dépôt légal : septembre 2010
www.bod.fr

Pierre Léoutre
122 rue nationale 32700 Lectoure
(Gers – France)

pierreleoutre.com

L'illusion du soleil